마을 사람들이 신랑과 각시를 놀려요.
신랑은 가난하고 각시는 좀 모자라거든요.
그런데 어느 날부터 신랑과 각시가
냄새나는 똥을 모아요.
여기저기 다니며 소똥, 개똥 다 모으지요.
사람들이 놀려도 꿋꿋하게 모으러 다니네요.
똥을 모아서 어디에 쓰려는 걸까요?

추천 감수_ 김병규

대구교육대학을 졸업하고 한국일보 신춘문예에 동화가, 중앙일보 신춘문예에 희곡이 당선되면서 작품 활동을 시작했습니다. 대한민국문학상, 소천아동문학상, 해강아동문학상 등을 수상했으며, 현재 소년한국일보 편집국장으로 재직 중입니다. 쓴 책으로 〈나무는 왜 겨울에 옷을 벗는가〉, 〈푸렁별에서 온 손님〉, 〈그림 속의 파란 단추〉 등이 있습니다.

추천 감수_ 배익천

경북 영양에서 태어났습니다. 1974년 한국일보 신춘문예에 동화가 당선되었고, 〈마음을 찍는 발자국〉, 〈눈사람의 휘파람〉, 〈냉이꽃〉, 〈은빛 날개의 가슴〉 등의 동화집을 펴냈습니다. 한국아동문학상, 대한민국문학상, 세종아동문학상 등을 받았으며, 현재 부산 MBC에서 발행하는 〈어린이문예〉 편집주간으로 일하고 있습니다.

글 _ 장연희

서울예술대학 문예창작학과를 졸업했습니다. 시와 소설 등을 써 오다가 아이들이 건강하고 올곧게 자라는 모습을 보고 싶어서 동화를 쓰기 시작했습니다. 지금은 '민주사회를 위한 변호사 모임'에서 일하며 어린이 책을 비롯해 다양한 글을 쓰고 있습니다.

그림 _ 한서윤

대학에서 시각디자인을 전공했으며, 꼭두 일러스트교육원에서 어린이를 위한 그림책을 공부했습니다. 어린이와 같이 상상하고 소통하는 작업이 즐거워 항상 재미있고 즐거운 그림책을 만들기 위해 노력하고 있습니다. 작품으로 〈은혜 갚은 호랑이〉, 〈세종대왕〉, 〈사람이 되었어요〉, 〈내일은 내가 할 거야!〉 등이 있습니다.

말랑말랑 우리전래동화 ⑳ 사랑과 믿음

가난한 신랑과 모자란 각시

발 행 인 박희철
발 행 처 한국헤밍웨이
출판등록 제406-2013-000056호
주　　소 경기도 성남시 분당구 금곡동 444-148
대표전화 031-715-7722
팩　　스 031-786-1100
편　　집 이영혜, 이승희, 최부옥, 김지균, 송정호
디 자 인 조수진, 우지영, 성지현, 선우소연
사진제공 이미지클릭, 연합포토, 중앙포토

가난한 신랑과 모자란 각시

글 장연희 그림 한서윤

한국헤밍웨이

옛날 어느 마을에 마음씨는 착한데
조금 모자란 아가씨가 살았어.
할머니가 무거운 짐을 들고 가면,
"어머, 제가 들어 드릴게요."
고개 너머 할머니 집까지 짐을 들어다 주었어.
배고픈 거지가 찾아와서 울면,
집에 있는 쌀을 모두 퍼 주었지.

어느덧 아가씨는 시집갈 나이가 되었어.
하지만 마을 총각들은 모두 고개를 절레절레.
“얼굴이 예뻐도 모자라면 안 돼.”
“맞아! 마음씨가 착해도
모자라는 색시는 싫어.”
누구 하나 신붓감으로 데리고 가려 하지 않았어.

이웃 마을에는 마음씨가 착한데
아주 가난한 총각이 있었어.
다른 집의 일을 도와주고 품삯을 받아 겨우 먹고살았지.
하루 종일 장작을 패 주고도,
"쌀 한 줌만 주세요."
온종일 벼를 베 주고도,
"보리 한 줌만 주세요."
품삯을 많이 받지 않으니 늘 가난했지.

총각도 나이가 차서 장가를 가야 하는데,
마을 처녀들이 모두 비웃기만 했어.

“흥, 저런 가난뱅이와 결혼하면 배를 쫄쫄 굶을 거야.”
“맞아. 아무리 착해도 가난한 건 싫어.”

그러던 어느 날 가난한 총각이
모자라는 아가씨의 마을로 일을 하러 온 거야.
총각은 햇볕이 쨍쨍 쬐는 논에서
땀을 줄줄 흘리며 일을 했어.
"어휴, 더워! 물이라도 한 모금 얻어 마셔야겠어."
총각은 집집마다 돌아다니며 외쳤어.
"물 한 모금만 주세요!"
하지만 마을 처녀들은 슬쩍 쳐다보고 문을 쾅!
"아유, 귀찮아. 다른 데 가 봐요."

가난한 총각은 모자란 아가씨 집까지 가게 되었어.
"여기, 물 한 모금 얻어 마실 수 있을까요?"
"어머, 목이 말랐나 보네요."
모자란 아가씨는 커다란 바가지에
찰랑찰랑 물을 받아 문밖으로 나왔지.
그러다가 두 사람은 서로 한눈에 반한 거야.
총각이 배시시 웃으며 말했어.
"마음씨가 참 착하네요. 저랑 결혼할래요?"
모자란 아가씨가 얼굴이 붉히며 끄덕였어.

얼마 뒤, 혼인 잔치가 열렸어.
가난한 신랑 신부를 위해
두 마을 사람들이 잔치를 열어 주었지.
모자란 아가씨는 연지, 곤지를 찍고 방글방글.

가난한 총각은 사모관대를 쓰고 싱글벙글.
마을 사람들이 웃으며 소곤거렸어.
“늦게라도 짝을 만나 다행이야.”
“쯧쯧, 둘이 잘 살 수 있으려나?”

두 사람은 그날 밤 마주 앉아 말했어.
"이제 뭘 해서 먹고 살까요?"
"우리, 길거리에 있는 개똥이나 소똥을 모읍시다."
모자란 각시가 고개를 갸우뚱갸우뚱.
"소똥을 왜요?"
"우리가 똥을 치우면 길이 깨끗해져서 좋고,
거름을 만들어 두면 쓸 일이 생길 수도 있잖소?"
"참 좋은 생각이에요."

다음 날부터 둘은 똥을 주우러 다녔어.
가난한 신랑은 지게에 똥을 가득,
모자란 각시는 소쿠리에 똥을 가득 채웠어.
그러자 사람들이 따라다니며 웃었지.
"하하하, 똥을 모아서
무얼 하려고 그러지?"

한참 지나자 집 마당에 똥으로 만든 산이 쌓였어.
"우아, 거름산이 생겼네."
사람들이 하나둘 찾아와서 웃으며 놀렸어.
"농사지을 논도 없으면서 거름을 왜 그리 모아?"
"쯧쯧, 이제 신랑까지 모자라나 봐."

그런데 농사철이 되자,
마을에 거름이 하나도 없지 뭐야.
농부 한 사람이 가난한 신랑 집으로 찾아왔어.
"이보게. 거름 좀 살 수 있으려나?"
"그럼요. 얼마나 드릴까요?"

농부는 거름을 잔뜩 사서 밭에 뿌렸어.
그랬더니 채소가 쑥쑥 아주 잘 자란 거야.
농부가 동네방네 다니며 말했어.
"그 집 거름을 썼더니 농사가 참 잘돼."

"나도 거기서 거름 좀 살까?"
"내가 더 빨리 가서 사야겠군."
사람들이 앞다투어 거름을 사러 왔어.
"잘 썩은 소똥으로 푹푹 떠 주게."
가난한 신랑과 모자란 각시가 웃으며
거름을 퍼 주었어.
"언제든 오세요. 똥은 얼마든지 있으니까요."

가난한 신랑과 모자란 각시는
하루도 빠지지 않고
똥을 모으러 다녔어.
마당의 거름산은 줄어들지 않았지.
팔아도, 팔아도 또 모았으니까.

그 후로 마을 사람들은 부부를 놀리지 않았어.
가난한 신랑의 거름으로 농사를 지으면
벼 이삭이 노랗게 잘 익고,
과일나무에도 과일이 주렁주렁 열렸거든.
가난한 신랑이 높다랗게 쌓인 거름산을 보며
모자란 각시를 향해 웃었어.
"똥이면 어때요?
부지런하게 일하면 그만이지."
"아무렴요. 우리도 곧 부자가 될 거예요."

가난한 신랑과 모자란 각시 작품해설

세상에 더러운 것을 좋아하는 사람이 있을까요? 사람들은 누구나 깨끗한 것을 좋아하기 마련입니다. 하지만 더러운 일도 마다하지 않는 사람들이 여기 있어요.

〈가난한 신랑과 모자란 각시〉에는 착하긴 하지만 좀 모자란 아가씨와 역시 착하긴 한데 가난한 총각이 나옵니다.

두 사람은 인기가 없어서 결혼을 못 합니다. 그런데 어느 날, 가난한 총각이 이웃 마을에 갔다가 모자란 아가씨를 만나요. 물을 얻어먹기 위해서 모자란 아가씨네 집을 찾아갔던 거예요. 다른 집에서는 귀찮다고 물을 안 주었지만 모자란 아가씨는 친절하게도 물을 주었어요. 총각이 한눈에 반해서 결혼하자고 하니 모자란 아가씨가 고개를 끄덕였지요.

결혼한 날 밤 가난한 신랑이 똥을 주우며 살자고 각시에게 말했어요. 과연 각시가 그러자고 했을까요? 다른 각시들 같으면 어림도 없지요. 하지만 모자란 각시는 "참 좋은 생각이에요." 하고 말했어요. 신랑이 얼마나 좋았을까요? 각시가 자기 말에 잘 따라 주었으니 말이에요. 두 사람이 똥을 주우러 다니자 사람들이 모두 비웃었어요. 하지만 두 사람은 열심히 똥을 모았지요.

그런데 농사철이 되어 거름이 부족해지자 사람들이 똥을 사러 두 사람 집으로 찾아왔어요. 두 사람은 똥을 팔았어요. 팔아도 팔아도 줄어들지 않았지요. 두 사람이 하루도 빠지지 않고 부지런히 똥을 모았기 때문이에요. 둘은 행복하게 잘 살았고 덕분에 마을 농사도 아주 잘 되었어요. 이는 모두가 더러운 것도 마다하지 않는 두 사람의 마음씨가 가져다준 선물이지요.

꼭 알아야 할 작품 속 우리 문화

연지 곤지

여자가 화장할 때 입술과 볼에 찍는 것이 연지이고 이마에 찍는 것이 곤지예요. 이름만 다를 뿐 연지와 곤지는 같은 화장품이랍니다. 잇꽃으로 만들기도 하고 주사라는 광물로 만들기도 해요. 주사로 만든 것은 '단지' 라고도 불려요.

사모관대

조선 시대 벼슬아치들이 나랏일을 할 때 입었던 옷이에요. 일반 백성들은 전통 혼례를 올릴 때 신랑이 입었고, 요즘에는 결혼식 폐백을 드릴 때 신랑이 입기도 해요. 사모는 모자이고 관대가 옷이에요.

지게

무거운 짐을 등에 질 때 쓰는 운반 도구예요. 지게는 쓰는 사람에 따라, 혹은 지역에 따라 조금씩 모양이 달랐어요. 평야 지대의 지게는 몸을 살짝만 구부려도 내려놓기 쉽도록 길게 만들었고, 산악 지대의 지게는 돌이나 나무에 걸려 넘어지지 않도록 짧게 만들었어요.

말랑말랑 우리 문화 이야기

가난한 신랑과 모자란 각시는 거름을 팔아 부자가 되었어요. 이렇듯 거름은 농사지을 때 없어서는 안 될 영양분이었어요. 새싹들이 거름을 먹고 쑥쑥 잘 자라거든요.

거름이 뭐예요?

거름은 농작물이 잘 자라도록 땅을 기름지게 하기 위하여 주는 영양물질이에요. 거름은 두엄과 비슷한데 똥, 오줌, 재, 똥재, 풀 섞인 것과 깻묵, 썩은 흙, 쌀겨, 삶은 곡식 등을 썼어요. 어떤 곳에서는 생선, 동물 뼈, 바다풀까지 이용했어요.

거름은 언제 주는 거예요?

거름은 밭에 씨앗을 뿌리기 전이나 논에 모를 내기 전에 주어요. 그것을 밑거름이라 해요. 씨앗을 뿌린 뒤나 옮겨 심은 뒤에 주는 것을 웃거름이라고 하고요. 요즘은 공장에서 화학적 방법으로 만드는데 그것을 비료라고 해요.

두엄터
거름은 두엄이라고도 불러요. 두엄으로 만들기 좋은 것은 외양간, 마구간, 돼지우리 바닥에 깔았던 짚이나 가축의 똥, 오줌이었어요. 그래서 농가에서는 외양간 가까이에 반드시 두엄터가 있었어요
자, 똥재 사시오, 똥재 사!
이걸 뿌리면 배추가 쑥쑥 큰다지?
돈 주고 산 거름
옛날에는 똥을 눈 뒤 재에 똥을 둥글게 말아서 모아 뒀어요. 이것을 똥재라고 하는데 이것을 사고팔기도 했대요. 수원에서는 1900년대 초에 좋은 똥재를 한 섬에 30전, 중간 정도의 똥재를 20전, 질이 안 좋은 똥재는 10전에 팔기도 했어요.